SIETE CAOS ENTRE PUNTOS

INDICE DE CAPITULOS

Prólogo: Choi Aelarl

¿Importa realmente cómo te cuente cada día de mi vida? Quizás pienses que no tiene relevancia, pero deseo sumergirte en una realidad dolorosa y cruda, donde el sufrimiento se vuelve tangible y las heridas se abren una y otra vez. No busco que te identifiques con mi sufrimiento, sino que te enfrentes a la intensidad de las emociones que me han arrastrado al abismo.

En cada palabra que comparto, encontrarás la verdad desnuda, sin adornos ni promesas de un final feliz. Quiero que experimentes junto a mí la crudeza de una realidad que a menudo se empeña en destrozar nuestros sueños y hacernos sentir insignificantes. Deseo que te sumerjas en las profundidades de mis experiencias, donde el mundo se torna sombrío y la luz apenas se atisba en el horizonte.

No busco generar lástima, sino más bien que comprendas la realidad de aquellos que cargan con el peso de la desesperanza. Quiero que entiendas los desafíos y las dificultades que enfrentamos, y que te acerques a los corazones heridos de quienes luchamos por encontrar un resquicio de esperanza en medio de la oscuridad.

En este relato, no encontrarás respuestas fáciles ni soluciones mágicas. Más bien, te invito a adentrarte en la profundidad de mis experiencias, para que puedas sentir en tus propias fibras el dolor y la desesperación que me han consumido.

0.1 Aelarl: Espejo

Aquel joven permanecía parado frente al espejo, cuestionándose una vez más el porqué de su existencia. Las lágrimas trazaban surcos en su rostro mientras se preguntaba una y otra vez:

"Aelarl, ¿quién eres? ¿Por qué permites que aquellos que dicen amarte te lastimen sin defenderte? Eres vulnerable y dulce, pero tonto a tu edad..." Su voz interior resonaba con amargura y decepción.

Sus lágrimas recorrían su rostro, pero él rápidamente las secó, como si temiera mostrar su vulnerabilidad. Salió del baño con una sensación de que había cometido un error al abandonar aquel refugio momentáneo que le ofrecía cierta paz.

De repente, una voz llena de desprecio lo interrumpió: "¡Miserable escoria! ¿Estabas aquí? ¿Acaso crees que disfruto buscando desechos?" El cazador había vuelto a acecharlo, dejándolo una vez más indefenso y sin escapatoria.

El joven se sentía como una presa en manos de su depredador. Algunos solo buscaban sobrevivir, mientras otros se deleitaban causando sufrimiento a aquellos que intentaban vivir.

Había llegado al punto de rendirse ante el constante abuso. Había intentado luchar, resistir y detener aquella tortura, pero cuanto más anhelaba poner fin a su sufrimiento, más daño le infringían aquellos que se suponía que lo amaban.

El día escolar había llegado a su fin, aunque no era viernes, sabía que los golpes y las humillaciones no cesarían. Sin embargo, el camino a casa era su único refugio, el único resquicio de belleza que le quedaba en medio de la oscuridad. En casa, las cosas tampoco iban bien. Solo encontraba paz en la casa de su abuela, donde al menos podía respirar un poco de alivio.

Al cruzar la puerta principal, anunciando su llegada, sus padres lo esperaban con rostros tensos. ¿Podía empeorar aún más?

- Aelarl, ¿puedes explicarme por qué no eres un buen hijo? Estoy harta de tus malas calificaciones y de que el director me llame diciendo que provocas peleas en clase. Siempre finges inocencia en casa, pero estoy cansada. - La voz de su madre estaba llena de frustración y resentimiento.

El joven respondió en voz baja y temblorosa: "Lo siento, madre". Pero su disculpa no hizo más que encender la ira de su padre: "Estas faltas de respeto hacia nosotros no te las enseñamos. ¿Acaso quieres que te enseñe cómo ser obediente y respetuoso, malcriado?"

Tratando de mantener la compostura, Aelarl respondió con voz temblorosa: "No, señor, le pido disculpas... por mi actitud".

La respuesta de su padre fue implacable: "Retírate de mí vista. No soporto verte. Ojalá fueras como tu hermana, ella no nos causa problemas".

Las palabras que le lanzaban dolían más que los golpes físicos, pues se clavaban en su corazón como flechas afiladas. Se adentraban en su ser, convirtiéndose en pequeños cristales que recorrían su torrente sanguíneo.

En ese momento, Aelarl se sentía como una escoria desechable. ¿Cuál había sido su pecado? ¿El simple hecho de ser quién era?

Ya no importaba. Solo anhelaba el cariño y la comprensión de su abuela en ese instante. Desesperado, abrió la puerta y corrió hacia su casa, el único refugio donde encontraría consuelo y aceptación incondicional.

Al llegar a la casa de su abuela, tocó la puerta y las lágrimas comenzaron a brotar de sus ojos sin control. Era incapaz de contenerlas. Su abuela abrió la puerta y él se abalanzó en sus brazos, buscando el abrazo que tanto anhelaba. Su abuela respondió con caricias amorosas, como pequeñas agujas de crochet que comenzaron a tejer una bufanda cálida con los retazos de su corazón destrozado.

Con la voz entrecortada, Aelarl balbuceó: "Abuela..."

Su abuela lo miró con ternura y preocupación: "Mi niño, ¿qué ha ocurrido?"

Las palabras no eran necesarias. Las lágrimas y el dolor en sus ojos decían más que cualquier explicación. Aelarl apenas logró articular: "Quiero quedarme contigo, abuela. Ya no puedo más... estoy tan cansado".

Su abuela lo abrazó con fuerza y le susurró al oído: "Sabes que no necesitas darme tantas explicaciones. Yo te conozco. Hablaré con tus padres y les diré que te quedarás conmigo, que estarás seguro. Tus cosas siguen en la habitación de arriba. Ve, toma una ducha. Mientras tanto, prepararé la cena, mi niño".

Siguiendo las palabras reconfortantes de su abuela, Aelarl subió las escaleras hacia su habitación. Al entrar al baño y desvestirse, se encontró nuevamente frente al espejo. Reflejado en él, no solo veía el daño físico que le habían infligido, sino también las heridas invisibles de su corazón destrozado.

Después de ducharse, bajó las escaleras, pero justo en ese momento escuchó la voz de su padre al otro lado del teléfono. Las palabras que pronunciaba resonaron como un golpe en su pecho. Su padre afirmaba que su abuela solo lo malcriaba y que su actitud problemática era culpa de ella. Para concluir, dejó caer la última frase que rompió el último hilo de esperanza: "Que no vuelva a casa. Ya no es parte de la familia. Ya no es mi hijo".

Aelarl intentó resistir el impacto devastador de esas palabras, pero su mundo se desmoronaba a su alrededor. ¿Cómo podría seguir adelante después de haber perdido su hogar y su familia en un instante? El peso de esas palabras se abalanzó sobre él, amenazando con hundirlo en la oscuridad más profunda.

0.2   Aelarl: Mi luz/ Mi sombra

Debajo del frondoso árbol de heptaphyllus me encontraba, permitiendo que el fresco viento acariciara suavemente mi rostro. Me sentía transportado a otro mundo mientras me sumergía en las páginas de aquel libro mágico. Todo a mi alrededor se volvía tranquilo, momentáneamente liberado de las preocupaciones y penurias que me agobiaban. Por un instante, dejaba de lado la realidad y me sumergía en un sueño reconfortante.

Pero como todo sueño, pronto llegaba el momento de despertar. Agitado y débil, abrí los ojos para encontrarme con la dura realidad. Aunque aquel sueño había sido agradable, no lograba evitar sentirme aún peor cuando soñaba con algo bueno, ya que solo me recordaba lo distante que estaba de experimentar la felicidad en mi vida diaria.

"Abuela, me voy ya", dije mientras la abrazaba con fuerza, esperando que ese gesto pudiera transmitirle un poco de mi deseo de tener un buen día, aunque fuera solo un destello de esperanza.

"Hoy solo tengo cinco clases y luego podré regresar a casa. Quiero pasar el menor tiempo posible aquí", murmuré para mí mismo, tratando de convencerme de que había algo mejor esperándome fuera de aquel lugar opresivo que llamábamos escuela.

Fue entonces cuando escuché una voz desconocida resonando detrás de mí. "Aelarl", susurró suavemente.

Me giré sorprendido, encontrándome con una chica desconocida que parecía querer llamar mi atención. "Eh, sí, perdón", respondí algo confundido, tratando de recuperar la compostura.

"He estado tratando de hablarte desde hace un rato, pero parecías perdido en tus pensamientos", mencionó la chica con una sonrisa amable.

"Lo siento, supongo que también te hice perder la primera clase. Estaba bastante distraído", logré articular, tratando de disculparme por mi desconexión con la realidad.

"No te preocupes, a mí también me gusta llegar tarde a veces. Vamos a la biblioteca", propuso la chica, extendiendo su mano en un gesto amistoso.

Aunque su nombre aún era desconocido para mí, no pude evitar sentirme atraído por su energía positiva y su aparente disposición a aceptarme tal como era. Sin embargo, preferí guardar mis pensamientos para mí mismo, temiendo que fueran demasiado precipitados. En mi experiencia, las cosas buenas no solían durar mucho tiempo.

Caminamos juntos hacia la biblioteca, sumidos en un cómodo silencio. Las palabras parecían innecesarias en aquel momento. ¿Podría ser ella la luz que tanto anhelaba en medio de mi oscuridad? ¿Sería ella capaz de brindarme un respiro de calma en medio de la tormenta que era mi vida? Aunque me resistía a tener esperanzas, algo en su presencia me hacía creer que tal vez las cosas podrían cambiar.

Mis pensamientos me arrastraron una vez más hacia un mundo interno de reflexiones y preocupaciones, pero ella, en un gesto afectuoso, tomó mi mano como si quisiera anclarme a la realidad presente. Sin embargo, intuía que este simple acto desencadenaría una serie de complicaciones para ambos.

De repente, una voz burlona resonó a nuestras espaldas, interrumpiendo nuestra conexión momentánea. "Kye Aelarl y la pequeña escoria juntas, ¡qué patético!" Era Hiro, el mismo de siempre. No podía creer que se permitiera el lujo de insultarnos una vez más. Hiro y su grupo parecían empeñados en atormentar nuestras vidas sin cesar.

Sin dejarse intimidar, Kye Aelarl respondió valientemente: "Si crees que intento buscar lástima, estás equivocado. Lo patético aquí son ustedes, quienes creen que lastimándonos sus miserables vidas cobrarán sentido".

El líder de la pandilla soltó una risa despectiva antes de arremeter contra ella con un golpe contundente en el rostro. El impacto fue tan fuerte que Kye Aelarl cayó desmayada al suelo, dejando un rastro de dolor y confusión en el aire. Una manera desgarradora para pronunciar el nombre de aquella joven que parecía ser mi luz, pero para ella solo he sido oscuridad.

Sin pensarlo dos veces, me lancé hacia ella, pero fui detenido por los secuaces de Hiro, quienes me sujetaron con fuerza. A pesar de mi impotencia, supe que no podía permitir que Hiro se saliera con la suya impunemente.

"Esto no ha terminado", escupió Hiro, sus palabras llenas de rabia y desprecio. "¿Ves lo que sucede cuando alguien se involucra contigo? No importa cuánto te protejas, siempre encontraré una manera de lastimarte. Y tú, Aelarl, mereces estar solo. Cualquiera que se acerque a ti solo saldrá herido".

Sus palabras resonaron en mi mente mientras el dolor de ver a Kye Aelarl tirada en el suelo me inundaba. La impotencia y la ira se mezclaron dentro de mí, alimentando una determinación feroz. No podía permitir que Hiro y su grupo continuaran con su reinado de terror.

Luché contra los secuaces que me sujetaban, pero su fuerza era abrumadora. Me golpearon una y otra vez, pero mi determinación no se quebró. Cada golpe era un recordatorio de por qué debía resistir y proteger a aquellos que se cruzaban en mi camino.

Con un último esfuerzo, logré liberarme de sus garras y me acerqué a Kye Aelarl, que yacía inconsciente en el suelo. La tomé entre mis brazos con delicadeza, sintiendo su fragilidad en contraste con mi rabia creciente.

Miré a Hiro, cuyos ojos reflejaban una mezcla de sorpresa y satisfacción retorcida. Sabía que no podía vencerlo en una pelea directa, pero había otras formas de luchar.

"Esto no acaba aquí", susurré con voz temblorosa pero decidida. "No permitiré que sigas lastimando a las personas que me importan. Y si crees que te daré el placer de verme solo y derrotado, estás muy equivocado".

Con esas palabras, me alejé, sosteniendo a Kye Aelarl en mis brazos. Aunque el camino que se extendía frente a nosotros estaba lleno de desafíos y peligros, sabía que debía encontrar la fuerza para enfrentarlos y proteger a aquellos a quienes amaba.

A medida que nos alejábamos de aquel lugar oscuro, una chispa de esperanza comenzó a brillar en lo más profundo de mi ser. Quizás, en medio de la oscuridad que envolvía nuestras vidas, podría encontrar la luz que tanto anhelaba. Y si esa luz se encontraba en los ojos de Kye Aelarl, estaría dispuesto a luchar por ella, incluso si eso significaba enfrentar mi propia sombra.

A pesar de llegar tarde a esa noción, mis ojos se encontraban pesados y el dolor que antes no había percibido me envolvía por completo. Mis costillas débiles parecían gritar de agonía, mientras las heridas de mi cuerpo derramaban sangre sobre el delicado ser de la chica que acababa de conocer. Ella, quien había intentado ayudarme, ahora se encontraba perjudicada por haberse involucrado conmigo.

Desesperadamente, traté de aferrarme a ella, aferrarme a esa conexión efímera que había surgido entre nosotros. Me resistí a desvanecerme antes de encontrar ayuda, pero mis fuerzas flaquearon ante el implacable dolor que me aquejaba.

0.3 Aelarl: Sueño compartido

Duerme y de repente despierta agitado, una vez más atormentado por un mal sueño. Aelarl se pregunta cuándo terminarán sus pesadillas y cuándo podrá experimentar finalmente la calma y la tranquilidad.

Después de un momento de confusión, Aelarl se levanta de la cama y se prepara para enfrentar el día. Al salir de su habitación, nota que el clima afuera es gris y lluvioso, lo cual, de alguna manera, le resulta perfecto. Sin siquiera llevar un paraguas consigo, sale de casa con su alma sintiéndose medio muerta.

La lluvia comienza a intensificarse mientras camina por las calles empapadas. Consciente de que podría resfriarse si continúa bajo la lluvia, Aelarl decide no detenerse y llega a un parque vacío. Las personas han huido al ver que la lluvia se vuelve más intensa.

Sintiéndose perdido y vulnerable, se sienta en un banco del parque. Las gotas de lluvia resbalan por su rostro, mezclándose con sus propias lágrimas. En ese momento de tristeza y soledad, una joven chica se acerca a él, protegiéndolo con un paraguas.

"_ Aelarl, despierta, Aelarl", dice la madre de Aelarl, rompiendo el ensueño. Es extraño que la señora Choi se encuentre con su hijo en esta situación.

Aelarl se despierta abruptamente en una habitación de hospital, su cabeza le duele intensamente y le cuesta hablar. Su madre, preocupada por su estado, le explica que un compañero suyo llamó al director para informarle sobre su accidente. Había caído por las escaleras, sufriendo heridas tanto de la caída como de peleas anteriores. Aunque su madre habla en un tono dulce, Aelarl siente que su amor es efímero y condicional.

La preocupación por Kye Aelarl, la chica que resultó herida al involucrarse con él se apodera de su mente. Aelarl pregunta ansiosamente por ella, sintiéndose culpable por lo ocurrido. Su madre asegura que la chica se encuentra bien y ha estado visitándolo todos los días desde el accidente.

Las palabras duras y despectivas de su padre llenan la habitación cuando hace su entrada. Aelarl se disculpa, pero sabe que sus disculpas carecen de credibilidad ante su padre. No tiene sentido explicar lo sucedido, ya que su padre dudaría de él de todas formas.

La madre intenta defender a su hijo, pero el padre se muestra enojado y despectivo hacia ambos. Es en este momento que Aelarl se da cuenta de que su relación con sus padres está dañada. Sus palabras crueles y su falta de empatía hacen que Aelarl pierda gradualmente su cariño por ellos, hasta el punto de considerarlos como desconocidos.

A medida que la conversación tensa entre sus padres continúa, Aelarl reflexiona sobre el papel de su abuela en toda esta situación. No ha sido informada sobre su ingreso al hospital, y Aelarl sospecha que sus padres no querían preocuparla debido a su avanzada edad.

Finalmente, Aelarl es dado de alta del hospital y le recetan medicamentos para el dolor. Con pocas opciones y en busca de consuelo, decide dirigirse a la casa de su abuela, el único lugar donde tal vez encuentre la calidez y el apoyo que tanto anhela.

Llega apresuradamente a la casa de su abuela y entra por la puerta. Allí se encuentra su abuela, sentada, pero al ver a Aelarl, se levanta rápidamente y lo abraza con lágrimas en los ojos.

"Hijo mío, estaba muy preocupada. Tus padres solo me dijeron que habías vuelto con ellos, pero en lo más profundo de mi corazón, sabía que algo no estaba bien", le confiesa su abuela con voz temblorosa.

Tratando de tranquilizarla, Aelarl responde: "Tranquila, abuela, estoy bien. No te preocupes".

Sin embargo, en su interior, Aelarl sabe que las cosas no están bien en absoluto. Sus pesadillas, la frialdad de sus padres y su creciente distancia emocional lo han sumido en una confusión y soledad aún más profunda. Con el consuelo momentáneo de su abuela, Aelarl se enfrenta a la incertidumbre del futuro, preguntándose cuál será su próximo paso para encontrar la verdadera paz y comprensión en su vida.

0.4 Aelarl: Borroso pasado

El sol comenzaba a ocultarse detrás de las ramas del frondoso árbol de heptaphyllus, tiñendo el parque con tonos dorados y naranjas. Aelarl decidió visitar ese lugar especial, donde siempre encontraba un respiro en medio del caos de su vida. Con paso decidido, caminó entre el césped húmedo hasta llegar al banco donde solía sentarse.

Mientras contemplaba el entorno con melancolía, una figura conocida se acercó a él con paso ligero. Era Kye Aelarl, la joven de espíritu libre y ojos llenos de curiosidad que había irrumpido en su vida de manera inesperada. Aelarl sintió un cosquilleo en el estómago al verla, preguntándose qué le depararía aquel encuentro.

"¡Aelarl!" exclamó Kye Aelarl, su voz resonando con entusiasmo. "¡Qué alegría verte aquí! Pensé que podría encontrarte en tu refugio secreto."

Aelarl esbozó una tímida sonrisa. "Parece que nuestros caminos están destinados a cruzarse una y otra vez. Supongo que este lugar también te atrapa con su encanto."

Kye Aelarl se sentó a su lado en el banco, sus ojos brillantes con complicidad. "No solo es el lugar, Aelarl. Es la conexión que siento contigo. Desde que nos conocimos, algo me dice que nuestras vidas están entrelazadas de alguna manera."

Aelarl frunció el ceño, sintiendo un torbellino de emociones dentro de él. "Es extraño, Kye Aelarl. A pesar de sentirme atraído hacia ti, hay algo que bloquea mis recuerdos. No puedo recordar cómo nos conocimos o por qué siento esta fuerte conexión contigo."

Kye Aelarl le tomó suavemente la mano, transmitiéndole calidez y comprensión. "Aelarl, no busques respuestas en este momento, sería doloroso, te responde todas las dudas que tengas con el tiempo, y no cuestiones el porque me mantendré a tu lado ahora."

Aelarl asintió lentamente, sintiendo una mezcla de alivio y temor. Había algo en el pasado que se negaba a desvelarse, algo que lo atormentaba en lo más profundo de su ser. Pero con Kye Aelarl a su lado, se sentía capaz de enfrentar cualquier obstáculo.

"Gracias, Kye Aelarl", susurró Aelarl, su voz cargada de emoción. "No sé qué deparará el futuro, pero estoy dispuesto a descubrirlo contigo. Juntos, podemos desentrañar los secretos de mi memoria y encontrar la verdad que ha estado bloqueada durante tanto tiempo."

Kye Aelarl sonrió con ternura, acercándose aún más a él. "Aelarl, no importa cuál sea esa verdad, estaré a tu lado. No importa cuán oscuro o doloroso sea el pasado, juntos podemos sanar y encontrar la felicidad que merecemos."

El cielo comenzó a oscurecerse, recordándoles que debían despedirse por ahora. Aelarl sabía que debía marchar a casa de su abuela, pero se sentía aliviado de haber encontrado a alguien tan especial como Kye Aelarl en su vida.

"Déjame acompañarte a casa, Aelarl", dijo Kye Aelarl, levantándose del banco. "No quiero que camines solo en la oscuridad. Aún no te has curado bien las heridas."

Aelarl tomó su mano con gratitud, sabiendo que había encontrado en ella algo más que una amiga. En su compañía, se sentía completo, o por lo menos un tanto valiente para creer que era algo más que una simple escoria.

0.5 Aelarl: La tragedia

Pensaba que todo iba bien, o al menos eso deseaba fervientemente. En aquel momento, Aely era mi cálida luz, la persona que me permitía ser yo mismo sin reservas. A su lado, me sentía libre y, conforme pasaba más tiempo junto a ella, mis sentimientos crecían sin cesar. Pero al mismo tiempo, el miedo a perderla se apoderaba de mí. Un chico como yo, ingenuo y sin experiencia, no podría protegerla adecuadamente.

Aunque en ese instante eso no importaba, lo único que ansiaba era verla, estar en sus brazos. Me sentía como un niño pequeño cuando ella estaba cerca. En ese preciso momento, me estaba preparando para encontrarme con ella en nuestra cafetería habitual.

De repente, mi teléfono sonó, interrumpiendo mis pensamientos. Al contestar, escuché la dulce voz de Aely informándome que me esperaba frente a mi casa. Siempre hacía lo mismo, venir a recogerme o acompañarme a todos lados. Aely era una gran amiga, aunque lamentablemente no podía recordar que la conocía desde mucho antes. Ella insistía en que nos habíamos conocido recientemente, pero yo anhelaba que mis recuerdos regresaran pronto. "Oh no, me quedé absorto en mis pensamientos otra vez", pensé mientras tomaba apresuradamente mi abrigo y salía corriendo de casa.

Llegué a la cafetería y allí estaba ella, irradiando su radiante sonrisa como siempre. "Aely, perdóname, me tardé mucho", mencioné avergonzado, agachando la cabeza ante mi tardanza. Pero para mi sorpresa, en lugar de reprocharme, ella se acercó y me abrazó con ternura.

"No te disculpes por tonterías, vamos, debemos irnos", dijo Aely con una sonrisa llena de alegría y complicidad. Su presencia siempre lograba tranquilizarme.

Alzando la vista, la observé con cariño. "¿Cómo te encuentras, Aely?", pregunté, preocupado por su bienestar y anhelando conectar con ella en un nivel más profundo.

Sentí que ella percibía mi falta de sinceridad. "Siento que no me estás diciendo la verdad, Choi Aelarl", mencionó Aely con su mirada penetrante, capaz de leer mis pensamientos más íntimos. Me sentí vulnerable ante su agudeza, pero sabía que no podía ocultarle nada. "Aely, no te miento. Cuando estoy contigo, no necesito ocultar mi estado de ánimo", respondí con honestidad, anhelando que ella pudiera comprender la intensidad de mis sentimientos.

Aely acarició mis mejillas suavemente, transmitiéndome una sensación de calma y aceptación. "Está bien, te creo", dijo con dulzura, haciendo que mi corazón se acelerara de felicidad al sentir su comprensión y apoyo.

En ese instante, sin poder resistirme, tomé sus manos entre las mías, buscando transmitirle toda la intensidad de mis emociones. "Kye Aelarl, te quiero", confesé, sintiendo que estaba tomando un gran riesgo al abrir mi corazón, pero deseando con todo mi ser que ella también pudiera corresponder a mis sentimientos.

Aely me miró con una cálida sonrisa, reflejando curiosidad y afecto en sus ojos. "Aelarl Choi, ¿vas en serio?", preguntó, buscando la certeza en mis palabras y deseando entender la sinceridad de mis sentimientos.

"Tú me conoces bien, deberías saberlo", respondí con convicción, manteniendo la certeza en mis palabras a pesar de la incertidumbre que me embargaba.

"Aelarl, ¿estás seguro de lo que sientes? No quiero que confundas tus sentimientos", expresó Aely con cautela, preocupada por nuestra amistad y los riesgos que podríamos enfrentar.

No podía evitar sentirme triste por su desconfianza, pero sabía que debía demostrarle mi determinación. "No me equivoco, te quiero. ¿No lo entiendes?", afirmé, esperando que mis palabras fueran suficientes para disipar sus dudas.

Aely respondió con una burlona sonrisa. "Pareces un niño pequeño, convencido de querer el primer juguete que ve en la tienda", mencionó en tono de broma, tratando de protegerse a sí misma y a nuestro vínculo.

Aquella comparación me entristeció un poco, ya que ella no parecía creer en mis sentimientos. "Esa es una mala comparación", dije con tristeza, sintiendo cómo su escepticismo hería mi corazón.

"Eso es lo que crees...", respondió Aely en un tono enigmático, como si escondiera algo detrás de sus palabras.

"Aely..." intenté hablar, deseando entender sus pensamientos y sentimientos más profundos, pero ella rápidamente cambió de tema.

"Vamos, hablemos de eso en otro momento", dijo Aely, tratando de desviar la conversación hacia algo más liviano, como si quisiera evitar enfrentar nuestras emociones y la incertidumbre que las rodeaba.

En aquel momento, debíamos cruzar por el paso de cebra, pero en lugar de automóviles, pasaban trenes a gran velocidad. Un escalofrío recorrió mi espalda mientras pensaba en lo peligroso que podía ser aquel cruce.

El destino nos tenía preparada una tragedia. Ella merecía vivir, pero las circunstancias parecían conspirar en su contra. Todo estaba dispuesto para que eso no pudiera suceder, para que ella no pudiera seguir adelante con su vida. Aquel día se convertiría en el fin de todos sus miedos. Aunque yo estaba a su lado, luchando por brindarle apoyo, no parecía suficiente. Sus demonios internos la consumían, destrozando su alma en pedazos cada vez más diminutos. Ella tenía cada vez menos motivos para seguir luchando, pero, aun así, no quería dejarme solo. Porque de alguna manera, cuando me veía feliz, ella también encontraba un destello de alegría y creía que su existencia tenía un propósito.

Era tan difícil comprender que ella era mi verdadera razón de ser, mi luz guía. Mientras su luz pudiera iluminar mi camino, ella tendría un motivo para seguir adelante. Pero a pesar de ello, aquel fatídico día había llegado. El final de su vida estaba allí, acechando en forma de un descuido inoportuno.

Lamentablemente, o tal vez con cierta paz, lo último que vio antes de ser arrastrada por el tren fue mi rostro, el rostro de Aelarl Choi, el chico al que amaba. Aunque solo unos momentos antes había intentado confundir sus sentimientos, lo último que se preguntó en aquel instante fue: ¿por qué? Los únicos momentos felices de su vida habían sido junto a mí.

La tragedia se abatió sobre nosotros y yo la había perdido. Mis sentimientos se desataron en una avalancha de dolor y angustia al presenciar su muerte. Aquel momento quedó grabado en lo más profundo de mi ser, un recuerdo imborrable que marcaría mi existencia para siempre.

0.6 Aelarl: Fragmentos del corazón

El viento susurraba en la tarde, llevando consigo el peso de la tragedia que había sacudido mi vida. Me encontraba parado en el mismo lugar donde había perdido a Aely, sin poder apartar la mirada de aquel paso de cebra que ahora parecía un abismo oscuro y desolado.

Mis pensamientos se enredaban en un torbellino de emociones encontradas. Sentía la ausencia de Aely como un agujero en mi pecho, como si una parte de mí se hubiera desvanecido junto con ella. La tristeza y el remordimiento me inundaban, preguntándome si podría haber hecho algo para evitar su trágico final.

Recordé nuestras conversaciones, nuestros momentos compartidos, cada risa y cada lágrima que habíamos compartido juntos. ¿Cómo podía aceptar que todo eso se había esfumado en un instante? Me sentía impotente, como si hubiera perdido el control sobre mi propia vida.

La gente pasaba a mi alrededor, ajena a mi dolor, mientras el sol se ocultaba lentamente en el horizonte, tiñendo el cielo de tonos anaranjados y dorados. Pero mi mundo parecía haberse vuelto gris y sombrío, sin color ni brillo.

El aire se volvió denso y cargado de tristeza mientras la gente dejaba de caminar y se aglomeraba alrededor del cuerpo inerte de Aely. Su mirada perdida no podía sacarse de mi mente, como un eco de su último suspiro. El tiempo parecía haberse detenido en ese momento, dejándome atrapado en un remolino de dolor y confusión.

Mi mente estaba nublada y el mundo a mi alrededor se desvanecía en un panorama borroso. No sabía cuánto tiempo había pasado desde que encontraron a Aely, pero cada segundo parecía una eternidad. Mi corazón se retorcía con la certeza de que había perdido a alguien que amaba.

La escena era caótica. La policía y las ambulancias llegaron, haciendo lo posible para controlar la situación y brindar ayuda. Pero para mí, todo parecía irreal, como si estuviera viendo la escena a través de un velo distante. El mundo seguía girando, indiferente a mi dolor.

Me acerqué al cuerpo de Aely, mis manos temblorosas buscando desesperadamente la calidez que ya no estaba allí. Sus ojos vacíos me observaban desde el más allá, y una ola de desesperación se apoderó de mí. ¿Cómo podría enfrentar la realidad de que ya no estaría a mi lado?

Un oficial de policía se acercó a mí, su voz sonaba lejana y apagada mientras me hacía preguntas sobre lo sucedido. Intenté responder, pero las palabras se ahogaban en mi garganta. Mi mente estaba en blanco, incapaz de procesar lo que había sucedido.

El tiempo pasó sin que me diera cuenta, como un borrón en medio de mi angustia. Las luces de las ambulancias parpadeaban en un baile caótico mientras los paramédicos trabajaban frenéticamente para tratar de revivir a Acly, aunque sabía en lo más profundo de mi ser que ya era demasiado tarde.

La multitud seguía allí, observando con miradas de curiosidad y conmoción. Algunos murmuraban entre ellos, tratando de entender lo que había sucedido. Pero para mí, sus voces se desvanecían en un zumbido distante. Estaba atrapado en un abismo de dolor, incapaz de encontrar consuelo o sentido a lo ocurrido.

Finalmente, las ambulancias partieron en silencio, llevándose consigo el cuerpo de Aely. Quedé solo en medio de la multitud dispersa, sintiéndome vacío y desamparado. El mundo seguía su curso, ajeno a mi tragedia personal.

Me quedé allí, en el lugar donde Aely había perdido la vida, sintiéndome completamente perdido. Las lágrimas volvieron a brotar, deslizándose por mis mejillas sin control. Era una mezcla de dolor, rabia e impotencia.

La noche se extendía ante mí, oscura y fría, como un reflejo de mi propio interior. No sabía qué hacer ni cómo continuar. Pero en medio de la oscuridad, algo comenzó a arder dentro de mí, una chispa de determinación.

Decidí caminar, necesitaba despejar mi mente y encontrar un refugio en algún lugar lejano de mis pensamientos tormentosos. Las calles estaban vacías, el ambiente silencioso y opresivo. Me sentía como un náufrago perdido en un océano de dolor.

Caminé sin rumbo fijo, dejando que mis pies me guiaran por senderos desconocidos. El peso de la pérdida se hacía cada vez más pesado, y mi corazón parecía desgarrarse con cada latido. ¿Cómo podría superar esta herida que había dejado Aely en mi alma?

Mis pensamientos me llevaron a un parque solitario, donde el susurro del viento entre los árboles me acompañaba como un lamento en el aire. Me dejé caer en un banco, mirando fijamente el horizonte borroso, tratando de encontrar respuestas en el crepúsculo.

El recuerdo de Aely me invadió con fuerza, trayendo consigo un torbellino de emociones. Su sonrisa cálida, su mirada llena de vida y su voz dulce resonaban en mi mente como un eco lejano. ¿Por qué ella? ¿Por qué tenía que perderla de esta manera?

Sentí un nudo en la garganta y las lágrimas brotaron de mis ojos, rodando por mis mejillas. El dolor era abrumador, pero también había algo más. Un atisbo de gratitud por haber conocido a alguien tan especial, por haber compartido momentos inolvidables a su lado.

Recordé las palabras que me había dicho antes de su partida, cuando me había cuestionado si estaba seguro de lo que sentía. "No quiero que confundas tus sentimientos", me había dicho con preocupación en sus ojos. En ese momento, no había entendido completamente lo que quería decir.

0.7 Aelarl: Perdido

Llegué exhausto a la casa de mi abuela. Había caminado durante horas, perdido en mis pensamientos y en la pesadez de mi propio dolor. La noche se extendía sobre mí, abrazando el desasosiego que habitaba en mi corazón destrozado.

La casa parecía un refugio en medio de la oscuridad. Mis pasos resonaron en el umbral de la puerta mientras la abría lentamente. Y allí estaba ella, mi abuela, con su cálida sonrisa y sus brazos abiertos de par en par. Sin embargo, su expresión de alegría se convirtió en una mezcla de sorpresa y miedo al verme cubierto de sangre y con la mirada caótica, reflejo de mi estado interno.

Lo he perdido todo. Ella era mi luz, la perdí en el peor momento. ¿Cómo puedo seguir adelante por este sendero sin tenerla a mi lado, sin poder volver a ver esa sonrisa que iluminaba mis días? Ella lo era todo... Mi amada Aely, ¿en qué instante te arrebataron de mis brazos? ¿Por qué me dejaste? Me prometiste que te quedarías conmigo, que caminaríamos juntos, y ahora... ahora estás muerta.

Siento que es mi culpa, no pude protegerte. Soy un idiota incapaz de cuidar ni de mí mismo. Si nuestros caminos no se hubieran cruzado, no, estoy seguro de que te enfadarías conmigo por pensar en estas tristezas.

El reloj marca las 00:00 am, tic tac. Una vez más, me encuentro hecho pedazos. Los recuerdos de cuando estábamos juntos me inundan. Desearía poder tomar tu mano, acariciar tu rostro delicado. Me encantaría poder reiniciar, siento tanta estupidez en este momento. Te tenía tan cerca, pero en un descuido, ya no. No quería que esto terminara así.

Me considero culpable de todo esto. Debí haber estado más presente para ti, hacer que te sintieras más feliz, disfrutar cada instante a tu lado. Pero fui egoísta y solo pensé en mí.

En ese instante, tomé un cuchillo, y solo pensaba en unirme a ella. Estaba a punto de cortarme las venas cuando, de repente, mi abuela irrumpió en la habitación. Corrió hacia mí, desesperada por salvarme, y logró quitarme el cuchillo de las manos.

Sus ojos llenos de preocupación y amor me miraban con ternura. Me envolvió en un abrazo cálido y me susurró palabras de consuelo. La abuela me salvó en el último momento.

—¡Aelarl, hijo mío! —exclama mi abuela con voz temblorosa—. ¿Qué has hecho?

La observo con los ojos vidriosos, incapaz de pronunciar una sola palabra. Las lágrimas ruedan por mis mejillas mientras me hundo en un mar de desesperación.

Mi abuela se acerca lentamente, con cautela, hasta que sus brazos amorosos envuelven mi cuerpo tembloroso. Su abrazo es un bálsamo en medio de mi tormento, una muestra de que siempre tendré un refugio en ella.

—Querido Aelarl, no importa lo que haya sucedido, estoy aquí para ti —susurra mi abuela con voz suave, acariciando mi cabello con ternura—. Permíteme llevar tu dolor, compartirlo contigo.

Las sirenas de una ambulancia resonaron en la distancia mientras mi abuela me ayudaba a levantarme. Rápidamente, me llevaron al hospital, donde fui internado para recibir atención médica.

Sigo vivo a causa de mi cobardía, que por mucho que intente ir a tu lado no puedo, no he podido cumplir mi objetivo, perdón por seguir vivo.

0.8 Aelarl: No te vayas

El solitario velatorio estaba envuelto en una profunda tristeza, como si el propio ambiente lamentara la pérdida de Aely. Las sombras se alargaban sobre el féretro que contenía su cuerpo inerte, mientras Choi Aelarl, vestido con solemnidad, permanecía junto a él, su rostro reflejando una devastadora mezcla de dolor y desconcierto.

"Estoy aquí, Aely", susurró con voz quebrada. "Por favor, despierta y vuelve a mirarme como solías hacerlo. No puedo aceptar la desgarradora realidad de que ya no estás aquí. Pero sé que debo enfrentarla, sé que odiarías que me aferrará a una ilusión que nunca más se hará realidad".

Las lágrimas brotaban incontrolables de los ojos de Aelarl, mezclándose con un dolor punzante que se clavaba en su pecho. El sufrimiento se intensificaba con cada latido de su corazón destrozado. Lentamente, su cuerpo cedió ante la debilidad y se desplomó en el suelo, abrumado por la tristeza abismal.

Apenas unos minutos pasaron antes de que Aelarl recobrara la conciencia, encontrándose con la mirada compasiva de la tutora de Aely. Ella había sido testigo de su desmayo, compartiendo su dolor y su desesperación junto al cuerpo sin vida de Aely.

"Lo siento tanto", susurró Aelarl, su voz cargada de culpa y desesperanza.

La tutora le dirigió una mirada comprensiva y asintió. "Está bien", respondió con suavidad. "Puedo entender el abismo de dolor en el que te encuentras. Ninguno de nosotros estaba preparado para esto. Aely irradiaba alegría y trataba de infundirla en los demás, especialmente en ti. Es doloroso, pero debes saber que ella te amaba profundamente. Aely dejó algunas cosas para ti. Son como testigos mudos de su anticipada partida. Cuando te sientas un poco más fuerte, búscame".

Agradecido por las palabras de consuelo, Aelarl dejó caer una última rosa sobre la tapa del féretro que guardaba a su amada. "Hasta pronto", susurró, negándose a dejarla ir. El dolor de su partida lo consumía, como un vórtice de oscuridad que amenazaba con devorar cualquier esperanza en su interior.

"¿Cómo podré adaptarme a este adiós tan abrupto, Aely?", se preguntó en silencio. "Tendré que sobrevivir con el vacío que has dejado en mí y con las pertenencias que tu tutora me ha entregado. Pero dime, ¿ya habías decidido irte? Si aquel accidente no hubiera ocurrido... ¿planeabas acabar con tu vida? Hay tantas preguntas sin respuesta que atormentan mi mente. Eras la única que podía calmar todas mis tormentas".

El diario de Kye Aelarl parecía un fragmento agonizante del pasado, lleno de palabras que le recordaban la vida que alguna vez compartieron. Aelarl se aferraba a él como si fuera su única conexión con Aely, su única forma de mantener viva su esencia en medio de la desolación.

Mientras el velatorio llegaba a su fin y las personas se dispersaban en silencio, Aelarl permaneció allí, solitario y desgarrado por el pesar. Sabía que el camino que le esperaba sería tortuoso y oscuro. La tristeza se convertiría en su compañera constante, recordándole a cada paso que Aely ya no estaba a su lado.

Con pasos pesados y una mirada perdida, Aelarl abandonó el lugar del velatorio, llevando consigo el diario como una reliquia cargada de melancolía. Ahora, más que nunca, lo sostendría como un tesoro que le recordaba el amor que una vez floreció, pero que fue arrebatado de manera implacable.

La noche envolvía su alma destrozada mientras Aelarl avanzaba sin rumbo fijo. Sus lágrimas se confundían con la lluvia que caía en un cielo que parecía llorar en su honor. La soledad se adueñaba de su ser, acompañándolo en su triste travesía por un mundo que ahora parecía vacío y sin sentido.

Aelarl sabía que su camino sería un sendero en penumbras, donde cada paso sería doloroso y cada amanecer le recordaría la ausencia de su amada. Pero en lo más profundo de su agonía, encontraba un atisbo de consuelo en el hecho de que, aunque su amor había sido arrebatado por la muerte, el eco de su presencia permanecería grabado en su alma, atormentándolo y reconfortándolo hasta el último de sus días.

0.9 Aelarl: Negación

El bloqueo emocional de Choi Aelarl se había convertido en una armadura impenetrable, una defensa para resguardarse del dolor y la pérdida que amenazaban con consumirlo. Sus recuerdos habían sido secuestrados por su propia negación, dejándolo atrapado en un oscuro laberinto de ilusiones y soledad. Kye Aelarl, una figura crucial en su vida se había desvanecido en sombras borrosas en su mente, sumando más recuerdos confusos.

El majestuoso árbol, de ramas retorcidas y hojas susurrantes, era el testigo silencioso de la amistad entre Choi y Aely desde tiempos inmemoriales. Bajo su abrigo protector, se habían compartido risas, confidencias y promesas. Sin embargo, para Aelarl, aquel árbol era un enigma, un guardián de recuerdos inalcanzables. Cada rama y hoja parecían contener fragmentos de la historia que había olvidado, pero él no podía descifrar su significado. La paz que el árbol emanaba se perdía en la nebulosa de su mente, atrapada entre la confusión y la falta de entendimiento de su propia historia.

Mientras Choi buscaba desesperadamente una vía de escape en las páginas del diario que Aely le había dejado, Hiro y su grupo de matones aprovecharon su vulnerabilidad para arremeter contra él. Palabras crueles y golpes sin piedad se abatieron sobre su frágil figura, hundiéndolo en la oscuridad de la inconsciencia. Esta vez, no había una Aely para protegerlo, para calmar su dolor y ser su luz en medio de la tormenta.

Despertó en la apacible atmósfera de la enfermería, desorientado y agradecido por la intervención de un desconocido. Frente a él se encontraba Ryu Seiki, un joven de aspecto sereno y mirada compasiva. La preocupación brillaba en los ojos de Ryu mientras observaba el cuerpo maltrecho de Aelarl.

—Oh, ya estás despierto. Me preocupé mucho al verte tirado en el suelo. ¿Fue el grupo de Hiro quien te dejó así? —preguntó Ryu, su voz cargada de genuina preocupación.

Choi parpadeó, tratando de procesar las palabras de Ryu. La confusión se dibujó en su rostro mientras trataba de entender a quién se referían con "chica".

—Uhmm, no sé de quién hablan. Lo siento —respondió Aelarl, su voz apenas un susurro.

Un gesto comprensivo se formó en el rostro de Ryu, quien decidió presentarse y compartir su historia con el joven atormentado.

—Un bloqueo, ¿verdad? —murmuró Ryu con tristeza contenida.

—¿Qué quieres decir? —inquirió Aelarl, sus ojos buscando respuestas en los de Ryu.

—Tienes un bloqueo emocional. Algo te impide recordar y enfrentar tu pasado, tus emociones. Pero no te preocupes, estoy aquí para ayudarte. Soy Ryu Seiki, de 4° de la ESO.

Aelarl asimiló lentamente las palabras de Ryu, comprendiendo que había encontrado a alguien dispuesto a apoyarlo en su búsqueda de respuestas. A pesar de no comprender del todo su propia situación, sintió una extraña conexión con Ryu, como si ambos estuvieran unidos por un destino compartido.

—Está bien, Ryu. Aprecio tu ofrecimiento. Soy Choi Aelarl, de la 3° de ESO. Y lamento mucho lo ocurrido con la chica —murmuró Aelarl, una mezcla de tristeza y confusión pintada en su rostro.

Los dos jóvenes se quedaron en silencio por un momento, compartiendo el peso de sus propias cargas emocionales. Choi aún no entendía completamente quién era esa "chica" de la que hablaban, pero una cosa era segura: había mucho más detrás de su bloqueo y de los misterios que envolvían su propia existencia.

0.10 Aelarl: Nuevas amistades

Pasaron tres largos meses desde la muerte de Kye Aelarl y Choi Aelarl continuaba sumido en un mar de ilusiones y recuerdos confusos. Cada noche, en sueños, escuchaba la voz de Aely suplicándole que la dejara ir y aceptara la triste realidad. Sus pensamientos se encontraban en una constante batalla entre aferrarse a la ilusión y enfrentar la dolorosa verdad.

Una mañana, mientras Aelarl luchaba por despertar de su letargo emocional, su teléfono sonó insistentemente. Eran llamadas perdidas de Hana, una compañera de clase que había mostrado un particular interés en él. Aunque no sabía qué esperar de esa conexión, algo en su interior le dijo que era momento de abrirse a nuevas personas y experiencias.

Con una disculpa apenada, Aelarl devolvió la llamada de Hana, reconociendo su error al ignorarla en el pasado. La joven le propuso salir y él, sintiendo la necesidad de dar un paso adelante, aceptó la invitación. Aunque se sentía un poco inseguro, entendía que Hana representaba una oportunidad para salir del círculo de tristeza en el que se había encerrado.

Quedaron en encontrarse en la plaza de La Salve a las 4 PM. A medida que se acercaba la hora, Aelarl se preparaba mentalmente para lo que vendría. Sabía que era momento de enfrentar la realidad y dejar de lado las ilusiones que lo atormentaban.

Cuando llegó a la plaza, se encontró con Hana, quien irradiaba una energía positiva y contagiosa. A pesar de que era una completa desconocida para él, pronto comenzaron a conversar como si fueran amigos de toda la vida. Hana tenía la habilidad de hacerlo reír incluso cuando se sentía triste y no permitía que se perdiera en sus pensamientos oscuros.

—¡Hola, Aelarl! Me alegra que hayas venido —exclamó Hana con una sonrisa radiante.

—A veces me sorprendo de lo rápido que nos hemos vuelto amigos, Hana —respondió Aelarl, sintiéndose a gusto en su compañía.

Durante aquella tarde, Aelarl se dio cuenta de que Hana era una persona especial. No se trataba de compararla con Kye, sino de aceptar que había espacio en su corazón para nuevas amistades y conexiones. Hana representaba una guía para él, una voz que le recordaba la importancia de enfrentar la realidad y ser valiente. Pasearon por la plaza, disfrutando de la brisa cálida y el sol que comenzaba a caer en el horizonte. Hana compartió historias de su vida, sus sueños y aspiraciones, mientras Aelarl escuchaba atentamente. En cada palabra, él encontraba un destello de esperanza y motivación para seguir adelante.

—Hana, no sé cómo agradecerte por estar aquí. Me has dado un rayo de luz en medio de tanta oscuridad, expresó Aelarl con sinceridad.

Hana le tomó la mano y le sonrió cálidamente. "No tienes que agradecerme, Aelarl. Estoy aquí para ti. Juntos podemos enfrentar cualquier cosa y encontrar la paz que buscas".

En ese momento, Aelarl supo que había encontrado a alguien en quien podía confiar. A pesar de la tristeza que aún cargaba en su corazón, se sentía fortalecido por la amistad de Hana.

0.11 Aelarl: Acéptame

Pasaron semanas desde el trágico descubrimiento de la muerte de Kye Aelarl. Aelarl, sumido en un profundo dolor y negación, encontró un apoyo inesperado en la figura de Hana. La joven, que había entrado en su vida hace tres meses, se convirtió en su refugio y en el faro que lo guiaba en medio de la oscuridad.

Después de la revelación devastadora por parte de Hana, Aelarl no pudo evitar sentir cómo su corazón se llenaba de dolor y tristeza. Las lágrimas brotaron de sus ojos oscuros y su cuerpo se sacudió con el peso del lamento. Hana, sin dudarlo, se acercó a él y lo abrazó con ternura, brindándole el consuelo que tanto necesitaba.

En ese abrazo, Aelarl se sintió seguro y protegido. La presencia de Hana actuó como un bálsamo para su alma herida. Poco a poco, las lágrimas fueron disminuyendo y Aelarl se separó del abrazo, aunque aun sosteniendo la mano de Hana, como si temiera que desapareciera si la soltaba.

"Gracias, Hana. No sé qué haría sin ti", susurró Aelarl con gratitud en su voz temblorosa.

Hana le sonrió, mostrando comprensión y empatía. Sin embargo, en lo más profundo de su corazón, Hana sintió una punzada de tristeza al escuchar cómo Aelarl la consideraba solamente como una amiga. Había esperado que sus sentimientos fueran correspondidos, pero comprendió que en ese momento Aelarl necesitaba apoyo y consuelo, no una complicación amorosa.

Estaba dispuesta a poner sus propios sentimientos a un lado y estar ahí para él como amiga, porque eso era lo que él necesitaba en ese momento. Hana apretó suavemente la mano de Aelarl y le ofreció una sonrisa cálida.

"Estoy aquí para ti, Aelarl. Quiero ayudarte a cnfrentar esta realidad y a sanar tus heridas. No tienes que cargar con todo el dolor por ti mismo", dijo Hana con voz suave.

Aelarl asintió, sintiendo un hilo de esperanza entreverarse con la tristeza en su interior. Sabía que el camino hacia la aceptación sería largo y desafiante, pero ahora tenía a alguien que lo acompañaba en ese viaje. No estaba solo.

Después de un momento de silencio compartido, Aelarl rompió el espacio con una pregunta temblorosa en su voz. "Hana, ¿me podrías contar más sobre lo que sucedió? ¿Cómo... cómo murió Kye?"

Hana asintió, comprendiendo que Aelarl necesitaba respuestas para poder comenzar a procesar su pérdida. Con voz suave, relató los detalles que había descubierto, evitando ser demasiado explícita para proteger los sentimientos de Aelarl.

Mientras escuchaba la narración de Hana, Aelarl sintió cómo su corazón se llenaba de un dolor punzante y una sensación de vacío. Cada palabra era un recordatorio de la vida que una vez compartió con Kye y los recuerdos que ahora se habían vuelto inalcanzables.

Después de la explicación, Aelarl miró fijamente al horizonte, perdido en sus pensamientos. Hana respetó su espacio y le dio tiempo para procesar la información. Sabía que no había palabras mágicas que pudieran aliviar su dolor, pero estaba decidida a estar a su lado, brindándole el apoyo que necesitaba.

Aunque Hana llevaba consigo un amor no correspondido, encontró consuelo en el hecho de que podía estar allí para Aelarl en su momento más oscuro. Y con el tiempo, ambos descubrirían que el amor puede tomar muchas formas, y la amistad puede ser un lazo poderoso capaz de sanar incluso las heridas más profundas del alma.

0.12 Aelarl: Solo eres una ilusión

Después de descubrir la triste verdad sobre la muerte de Kye Aelarl, Aelarl se encontraba sumido en un mar de emociones y confusiones. Su mente luchaba por asimilar todo lo que había perdido y por comprender cómo había creado una realidad ilusoria para protegerse del dolor.

Desesperado por obtener respuestas, Aelarl decidió ir a la casa de sus padres. Necesitaba encontrar la confirmación de que lo que había descubierto no era más que una terrible pesadilla. Su madre lo recibió con los brazos abiertos y lo abrazó con cariño al ver su angustia reflejada en sus ojos llenos de lágrimas.

Entre sollozos, Aelarl le reveló la dolorosa verdad. "Kye Aelarl está muerta", pronunció con voz quebrada.

Su madre, con tristeza en su mirada, le pidió perdón por no haber comprendido su sufrimiento en el pasado. Reconoció que nunca estuvo allí para apoyarlo en sus momentos difíciles y que prefirió creer en las palabras de otros en lugar de escuchar a su propio hijo. La culpa y el remordimiento se reflejaban en su rostro mientras se disculpaba.

Aelarl, conmovido por las palabras de su madre, la abrazó con fuerza. "Mamá, ¿cómo pude apartarte también? Fue un error terrible", expresó lleno de culpa.

Su madre le acarició el cabello con ternura. "No, hijo. Eso fue culpa mía. Te alejé porque tenía miedo de enfrentar tus problemas y te culpé por muchas cosas. Pero a partir de ahora, estaré contigo y pondré tu bienestar y tus palabras por encima de cualquier otra persona", prometió con determinación.

La revelación de la verdad fue un golpe abrumador para Aelarl. Se dio cuenta de que había apartado a todos aquellos que estaban conectados con Kye Aelarl para construir su propia realidad, una realidad en la que ella aún estuviera presente. Ahora, esa ilusión se desvanecía y debía enfrentar la cruda realidad.

En medio de su desesperación, Aelarl sintió cómo una parte de él se liberaba. Ya no necesitaba aferrarse a la ilusión de Kye Aelarl para encontrar consuelo. Ahora recordaba, recordaba todo lo que compartieron, los momentos felices y los desafíos que enfrentaron juntos.

Aelarl se despidió de la figura de Kye Aelarl en su mente. "Aely, puedes marchar ahora. Tus recuerdos han sido liberados y ahora me recuerdo. Seré más fuerte y contaré con personas que me cuidarán y me querrán tanto como tú lo hiciste. Sé libre y marcha con el final del otoño", susurró con tristeza y gratitud.

Con un nuevo sentido de claridad, Aelarl se preparaba para enfrentar la realidad que se había negado a aceptar. Sabía que el camino sería difícil, pero ahora tenía a su madre y a aquellos que habían estado a su lado todo el tiempo. Aunque había perdido a Kye Aelarl, había encontrado una nueva fuerza en los lazos que lo unían a las personas reales a su alrededor.

El despertar de los recuerdos marcaba el comienzo de una nueva etapa en la vida de Aelarl, una en la que buscaría la verdad, se enfrentaría a sus demonios internos y construiría nuevos lazos de amistad y amor. Con valentía, se adentró en lo desconocido, sabiendo que no estaba solo en su camino hacia la sanación y la reconciliación consigo mismo.

0.13 Aelarl: Mi recuerdo más bonito

El sol se ocultaba tras las montañas, tiñendo el cielo con tonalidades doradas mientras Aelarl se encontraba frente a la tumba de Kye Aelarl. Su corazón estaba lleno de gratitud y tristeza a partes iguales. Era el momento de despedirse, de dejar ir el recuerdo más bonito que había tenido.

"Hoy dejo libre tu recuerdo, gracias por no dejarme, por cuidar de mí, por no abandonarme. Fuiste y serás mi recuerdo más bonito. A tu lado, todo fue maravilloso", susurró Aelarl con voz entrecortada. Las lágrimas se deslizaban por sus mejillas mientras recordaba los momentos compartidos.

"Agradezco muchas cosas, Kye Aelarl. Nuestro tiempo juntos fue corto, pero a pesar de ello, fue el mejor. Gracias por haber conformado mi vida", continuó, sintiendo cómo cada palabra llevaba consigo el peso de una despedida.

Con delicadeza, depositó un gajo de flores de heptaphyllus sobre la tumba de Kye Aelarl, una ofrenda simbólica de sus dulces recuerdos y agradecimiento. La brisa acariciaba su rostro, como una despedida suave y reconfortante.

"Fue mucho tiempo sin verte, pero aquí estoy. Ya no soy el chico frágil, ya me puedo cuidar. No tienes que preocuparte por mí", expresó con determinación y gratitud.

"Las cosas están yendo bien con mis padres, estoy sacando buenas calificaciones. Khana me ayuda en sus tiempos libres, ya tengo amigos. Seiki me ha enseñado a defenderme y a ser más social", compartió con alegría en su voz, reconociendo el apoyo que había recibido de las personas a su alrededor.

Y luego, mencionó a Hana, una persona especial que había estado a su lado en los momentos más difíciles. "Y por último esta Hana, no va a reemplazarte nunca, y no la veo ni la veré como sustituta tuya, pero quería decirte que me ha dado su apoyo, no quiero ilusionarla, mi corazón te sigue perteneciendo, por lo que seré claro y no la dañaré", dijo con determinación, sintiendo en su corazón la necesidad de abrirse y permitir que florecieran nuevos sentimientos, no solo dolor.

Con un último gesto de agradecimiento, colocó el ramo de claveles blancos y heptaphyllus en el jardín, como un tributo a la vida y al amor que le rodeaba. Sabía que Kye Aelarl seguiría guiándolo y apoyándolo en cada paso que diera.

"Adiós, mi pequeña Aely", susurró Aelarl, dejando que las palabras se perdieran en el aire. Se levantó lentamente, con la sensación de que una nueva etapa estaba por comenzar.

Caminó hacia el futuro, llevando consigo los recuerdos, las enseñanzas y el amor que había recibido. Ahora, estaba listo para enfrentar los desafíos con valentía y abrir su corazón a nuevas experiencias.

Epílogo

Aelarl se encontraba sentado bajo el majestuoso Árbol de Heptaphyllus, dejando que sus pensamientos fluyeran libremente mientras el sol se filtraba entre las hojas y bañaba su rostro con una cálida luz. El aire llevaba consigo el suave aroma de la naturaleza, envolviéndolo en una sensación de paz y serenidad.

En ese tranquilo rincón, Aelarl recordaba los momentos felices que había vivido junto a su amor de juventud, Kye Aelarl. Los recuerdos se entrelazaban en su mente, evocando imágenes vívidas de su risa, de las conversaciones profundas y de los abrazos cálidos que compartieron. Aunque el tiempo que pasaron juntos fue breve, el impacto de su amor perduraba en su corazón.

Mientras rememoraba esos momentos llenos de alegría y afecto, una suave voz llamó su atención desde la distancia. Aelarl levantó la mirada y vio a una joven desconocida acercándose a paso lento pero decidido. Su presencia era enigmática, como si hubiera algo especial en ella que despertaba su curiosidad.

La chica se detuvo frente a Aelarl, sus ojos brillando con una mezcla de emoción y determinación. Sin decir una palabra, extendió la mano hacia él, invitándolo a levantarse y seguir su camino.

Aelarl sintió una extraña conexión en ese encuentro fortuito. Había aprendido a confiar en su intuición y a abrirse a las oportunidades que la vida le presentaba. Aunque desconocía el destino que le esperaba junto a esa misteriosa chica, decidió aceptar su invitación.

Se puso de pie, con una mirada llena de gratitud hacia el Árbol de Heptaphyllus por todo lo que le había brindado y por los recuerdos que ahora habitaban en su corazón. Cerró los ojos por un momento, sintiendo el poderoso latido de la naturaleza a su alrededor, antes de seguir a la chica hacia un nuevo capítulo de su vida.

Aelarl entendía que el pasado no se podía cambiar, pero que cada encuentro y experiencia podían moldear su futuro. Mientras caminaba junto a la chica desconocida, dejó que la brisa acariciara su rostro y lo llenara de una sensación de esperanza y posibilidades infinitas.

El camino se extendía ante ellos, con horizontes desconocidos y aventuras por descubrir. Aelarl sonrió, sabiendo que su historia no había llegado a su fin, sino que se abría a nuevas páginas llenas de emociones, aprendizajes y, tal vez, un nuevo amor que estaba por florecer.

Y así, con el Árbol de Heptaphyllus como testigo silencioso de su partida, Aelarl se adentró en el futuro, con el corazón abierto y la mente lista para recibir lo que la vida le deparaba.

Fin del Epílogo.

© 2023, Aelarl Choi
Impresión y editorial: BoD – Books on Demand
info@bod.com.es - www.bod.com.es
Impreso en Alemania – Printed in Germany
ISBN: 9788411743365